母のあし音

石井佐和　詩

柳田文也　絵

朝の目覚め

朝の目覚め

おはよう　おはよう　目が覚めましたか　お母さん
今日も　きれいな空よ！　よくみえますか

おはよう　おはよう　目が覚めましたか　お母さん
今日も　小鳥の声が　聞こえますか！

おはよう　おはよう　目が覚めましたか　お母さん
今日も　生命（いのち）に感謝して　お話ししましょう

Buenos Días

Buenos Días,madre.
¿Ya se despertó?
¿Viste el cielo?
Hoy también el cielo esta hermoso,
¿lo ves bien.?

Buenos Días,madre.
¿Ya se despertó?
¿Escuchó el cantar de los pájaros?
Hoy también están cantando alegremente.

Buenos Días,madre.
¿Ya se despertó?
Hoy también hablamos
y damos gracias por la vida.

Waking Up

Morning, mother!
Did you wake up?
The sky today is very pretty. So blue!
Do you see it from the window?

Morning, mother!
Did you wake up?
Birds are singing today again.
Do you hear them?

Morning, mother!
Did you wake up?
Let's have a chat and thank heaven
for us having a day like this!

清晨

早上好 早上好　睡的好吗 母亲
今天也是晴空万里　看到了吗

早上好 早上好　睡的好吗 母亲
今天也有小鸟声　听到了吗

早上好 早上好　睡的好吗 母亲
今天我们再来感谢一下生命吧

おとりかえの歌

毎朝 毎朝 おとりかえ ／ 熱いタオルで拭きましょう
きれいに きれいに 拭きましょう
誰よりもきれい ／ ピカピカの九十八歳よ

毎朝 毎朝 おとりかえ ／ お口も お目々も拭きましょう
きれいに きれいに 拭きましょう
誰よりもきれい ／ ピカピカの九十八歳よ

毎朝 毎朝 おとりかえ ／ 心も 体も拭きましょう
きれいに きれいに 拭きましょう
誰よりもきれい ／ ピカピカの九十八歳よ

Canción de reemplazo

Todas las mañanas la cambio.
Limpiamos bien con una toalla caliente.
Noventa y ocho años bien limpiecita
mejor que otros.

Todas las mañanas la cambio.
También limpiamos bien tu boca y tus ojos.
Noventa y ocho años bien limpiecita
mejor que otros.

Todas las mañanas la cambio.
También limpiamos bien tu mente y tu cuerpo.
Noventa y ocho años bien limpiecita
mejor que otros.

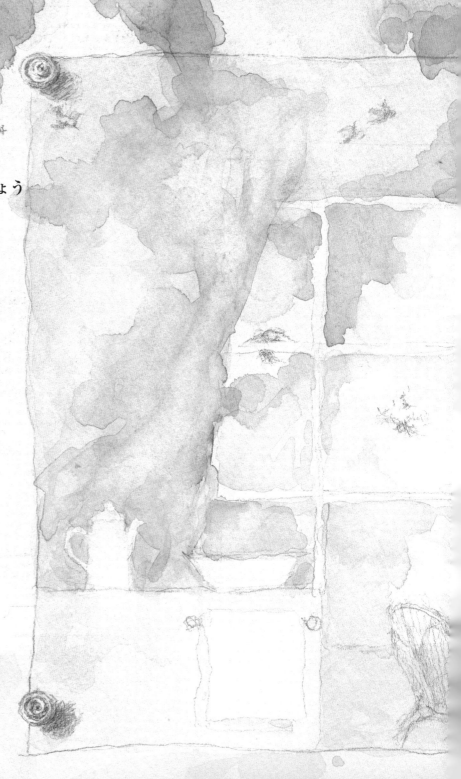

A Song for Changing Underwear

Good morning, mother! Time to change your underwear.
I'll wipe you nicely with a hot towel,
so you'll be cleaner than anyone else.
You're a shining 98-year-old lady.

Good morning, mother! Time to change your underwear.
I'll wipe your mouth and eyes, too,
so you'll be cleaner than anyone else.
You're a shining 98-year-old lady.

Good morning, mother! Time to change your underwear.
I'll wipe your body and mind, too,
so you'll be cleaner than anyone else.
You're a shining a 98-year-old lady.

更新之歌

每天早晨 每天早晨 换上一条热毛巾哟
咱们来擦一擦吧
干干净净地擦一擦
比谁都干净
比谁都漂亮的九十八岁

每天早晨 每天早晨 换上一条热毛巾哟
咱们来擦擦嘴 擦擦眼睛吧
干干净净地擦一擦
比谁都干净
比谁都漂亮的九十八岁

每天早晨 每天早晨 换上一条热毛巾哟
咱们来擦擦心灵 擦擦全身吧
干干净净地擦一擦
比谁都干净
比谁都漂亮的九十八岁

お母さんのしわ

お母さんのしわは　愛のしるし
惜しみなく　子のために　捧げた　愛のしるし

お母さんのほほえみは　希望のしるし
喜びも　苦しみも　乗り越えた　希望のしるし

お母さんの髪は　峰の雪よ
強い雨や激しい風に　耐えて来た　峰の雪よ

お母さんの香りは　春の香り
暑き夏も　厳しい冬も　越えて来た　春の香り

Arrugas

Las arrugas de mí madre
son las señales del amor profundo,
que dedicó a sus hijos.

La sonrisa de mí madre
es la señal de la esperanza,
que sobrevivió a las alegrías
y también a los sufrimientos.

El cabello de mí madre
es como la nieve de la montaña,
que soportó la lluvia fuerte
y el viento intenso.

El aroma de mí madre
es como el aroma de la primavera,
que superó el verano caluroso
e invierno severo.

Wrinkles

Mother's wrinkles on the face are
a token of love;
she's spent all she had
on her children.

Mother's smiles are
signs of hope;
she's got through joys and sorrows
in her life.

Mother's hair is white snow
on top of a high mountain;
it's withstood rains and winds,
heavy and strong.

Mother's smell is the scent of spring;
it's gathered the essence of
all seasons, hot and cold,
dry and wet.

母亲的皱纹

母亲的皱纹 是爱的标记
是不惜一切 为了孩子奉献的
爱的标记
母亲的微笑 是希望的标记
是跨越过喜悦和痛苦的
希望的标记
母亲的发 象峰上的雪
是熬过暴雨和耐过强风之后的
山峰上的傲雪
母亲身上的芬芳 是春天的芬芳
是抗过盛夏和越过寒冬之后的
春天的芬芳

あし音

トコトコと床を踏む音がする
夜明け前　母のあし音がする
そっと目をあけると
母が私の部屋をのぞいている　まるで幼子のように
「寒いからベッドへ行こうね」と言うと
ほっとして　うなずく

トコトコと床を踏む音がする
夜明け前

Pasos

Antes de amanecer,
se escucha ruido cuando camina.

Yo abrí mis ojos y vi a mi madre
estaba mirando mi habitación
como una niña pequeña.
Cuando le digo
"ve a la cama que hace frío",
se siente aliviada y esta de acuerdo.

Se escucha ruido cuando camina.
Antes de amanecer.

Footsteps

I heard someone's footsteps
nearing my room.
It was before dawn.

I softly opened my eyes and saw mother
looking in my room like a little girl.
"It's cold there, mother."
"You might be back to your room."

She nodded with a sigh of relief.
I heard her footsteps once again.
It was before dawn.

脚步声

咯噔咯噔踏地板声
在黎明前
母亲的脚步声
我悄悄地睁开眼睛
母亲正探头看着我的房间
宛如小孩子似的
「太冷了 快回到床上去吧」
我说道
母亲安心地点了点头

又传来咯噔咯噔的踏地板声
在黎明前

幼い頃

幼い頃
浴衣を着せてもらったように
今度は私が浴衣を着せましょう
私がうれしかったように　母もうれしそうだ

幼い頃
手を引いてもらったように
今度は私が手を引きましょう
私が幸せだったように　母も幸せそうだ

Mis días de niñez (En mi niñez)

Cuando era niña(pequeña)
Me ponías una "yukata",
y está vez te pondré una.
Me parece que mi madre esta contenta
como yo lo estaba.

Cuando era niña(pequeña)
Me llevabas de la mano,
y está vez te llevaré.
Me parece que ella está feliz
como yo lo estaba.

As You Did So

Let me put a yukata on you,
as you did so for me
when I was a child.
Oh, mother, you look as happy
as I was.

Hold my hands, mother.
I'll help you walk
as you did so for me
when I was a child.
Oh, mother, you look as happy
as I was.

小时候

小时候
就象您给我穿浴衣那样
现在我给您换上吧
母亲开心的样子
宛如当年的我一样

小时候
就象您牵着我的手一样
现在我来牵您的手吧
母亲洋溢着幸福的样子
宛如当年的我一样

13

いやし

どうしたら　九十八年生きて来た母が
安らかに過ごせるのかしら

美しい絵を壁にかけました
部屋のすみにお花を生けました
懐かしい曲もかけました
母は童女のように笑いました

でも
もっともっといやされたのは　私だったのです

Curación

¿Como podrá mí madre vivir en paz?
Me pregunté a mí misma.
Ella tiene noventa y ocho años.

Colgué un cuadro bonito en la pared.
Coloqué unas flores
en el rincón de la habitación,
y puse su música favorita.

Mí madre no dijo nada,
solo sonrió como una niña pequeña.
La que más y más me sane fui yo.

Who Felt Better?

How can I assist my mother
　　　　with her life?
She is ninety-eight years old.

I hung a nice painting on the wall.
I put some pretty flowers in a vase
　　　　and put it in a corner.
Then I put on her favorite music
　　　　so she could listen to.

Mother silently smiled at me
　　　　like a little girl.
I wondered and asked myself:
"Who felt better by all these?"

安慰

如何
让走过九十八岁的母亲
安稳地生活

在墙上掛上了美丽的画
在房间的脚落摆上了鲜花
给她播放怀旧的老曲
母亲露出了少女般的笑容

然而
从中得到最大安慰的
是我自己

祈り

身体<ruby>からだ</ruby>がおとろえて行くのは
母も　私も　誰もが
知っているのです
でも
心が
それにつれて
浄められ
満たされ
平安でありますように

Oración

Cuando se es viejo
el cuerpo se debilita.
Todos saben,mí madre y yo también.
Pero ojalá que el corazón de mi madre
se limpie y quede satisfecho y en paz.

16

A Prayer

Our bodies weaken as we get old.
That we know: both mother and I.
So does everyone else.

I only pray that mother's soul will be
purified and that it will be filled with more peace
as her aging advances.

祈祷

母亲的身体在一天天走向衰弱
母亲 我 所有人都明白
但是
我的心
在祈祷中被净化
我的心
被心愿充满
愿母亲平安

母の姿

家に帰った時　母が居なかった
あわてて　家中さがしたけれど　母の姿はなかった

「お母さん」「お母さん」と　大きな声で呼んでいたら
「ここに居るよ　外を見ていたのよ」と　声がした

仏壇の陰にちょこっと座っていて
外を見ながら笑っている母を見つけた
小さくて　かけれてしまう母
涙があふれた

Una Figura Pequeña

Cuando regresé a la casa,
mi madre no estaba.
La busqué por toda la casa apuradamente
pero,ella(la figura de mi madre)no estaba
Cuando estaba gritando "Madre,Madre",
escuche su voz "aquí estoy mirando afuera".
Estaba sentada en silencio
al lado del altar familiar en la oscuridad.
Se me salieron la lagrimas
al ver su pequeña figura.

A Small Figure

When I returned home,
mother was not there.
Panicked, I looked for her
all over the house.

"Mother!" "Mother!" I shouted.
Then I heard her voice:
"Here. I'm here. Looking
out the window."

She was sitting alone
in the half dark
beside the family alter.
What a small figure she has!
I felt my eyes filled with tears.

母亲的身影

回到家时
母亲不见了
慌忙地满屋找
还是没见母亲的身影

「妈妈」「妈妈」
我大声地呼唤着
「在这 在看外面呐」
听到了母亲的声音

在佛坛后找到了
正在眺望窗外的母亲
她那小小的身影
她那被埋没在柜后的身影
我的泪水止不住了

波動

温^{あたた}かい波動が来る
やさしい波動が来る
静かな　静かな波動が来る
母の部屋から
私は
いやされ
温^{あたた}められたのです

Onda

Siento una energía que viene desde afuera
una energía caliente,suave y tranquila.
Luego me di cuenta,
esta venia desde el cuarto de mí madre.

Al momento me di cuenta de esto
se me fue toda la fatiga
y sentí algo muy caliente dentro de mí.

An Energy

I felt an energy flowing
through my body.
It was a warm energy.
It was a gentle energy.
It was a peaceful energy.

Then I noticed
it was from mother's room.

The moment I knew it, my fatigue
was all gone and something warm
rose inside me.

波动

一股暖流
一种温情
静悄悄 静悄悄地
来自母亲的房间
抚慰着我
温暖着我

21

三崎

母においしいまぐろを
食べさせたいと
三崎まで　四時間かけて
買いに行った兄

おいしいと言って　喜んで食べた母

それから　二週間たって
逝ってしまった

Misaki

Esperando ver a su madre complacida,
mi hermano fue a Misaki
a comprar su atún fresco y bueno.
Tardó cuatro horas en ir y volver.

"Muy delicioso", con una gran sonrisa
mí madre dijo.

Dos semana después,
mí madre se fue al cielo.

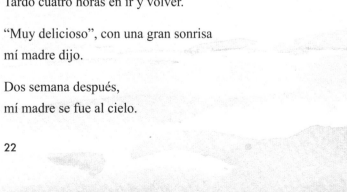

Misaki

Knowing that mother loves sashimi,
my brother went to Misaki
to buy her fresh tuna fish.
It took him four hours going to
and coming back.

On that night mother said,
"Delicious. Very delicious."

Two weeks after
mother went to heaven.

三崎

为了让母亲能吃到
新鲜的金枪鱼
大哥用了四个小时
到三崎去买

好吃
母亲高兴地说道

自那天起
两星期后
逝去

23

身まかりし母に捧ぐ

現世(うつしよ)のすべてを終わり　身まかりし母の　み魂(たま)よ
いと安らけくあれ　安らけくあれ

今生(こんじょう)の地の辺(へ)を去りて　旅立つ母の　み魂(たま)よ
永久(とこ)しえにあれ　永久(とこ)しえにあれ

喜びも　苦しみも　越えて来し母の　み魂(たま)よ
この旅の平安を祈らん

我が生命(いのち)のみなもと　育(はぐく)み給いし母の　み魂(たま)よ
いと高きところへ　いざない給へ

Rezar por mí madre

Terminando todos los trabajos en su vida,
madre partió para el cielo.
Espero su alma esté en paz.
Ahora su alma dejo la vida terrenal,
y partió para siempre.

Superando alegrías y tristezas en su vida,
madre viajó al cielo.
Espero su camino sea seguro y agradable.

Madre,quién me dió la vida,
y me educó con amor.
Espero Dios amablemente le muestre
su camino para un lugar más alto.

To My Mother Who Passed Away

Finishing all the jobs of her life,
mother went to heaven.
May her soul be in peace.

Leaving this earth behind,
mother went on a journey.
May her soul be eternal and be forever.

Climbing over joys and sorrows in life,
mother journeyed to heaven.
May her way be safe and be pleasant.

Mother, who gave a birth to my life,
raised me with loving care.
May God kindly show her the way
to the higher place.

献给逝去的母亲

您告别世俗结束了今生
逝去的灵魂啊
安息吧 安息吧

您告别世俗远离今生之地
即将启程的灵魂啊
愿您永生 愿您永生

您经历了人生喜悦和痛苦
即将启程的灵魂啊
祈祷一路平安

您给予了我生命
培育了我的灵魂啊
愿您走向更高更高的天堂

真っ赤なベゴニア

真っ赤なベゴニアを買った　私の心に染みこんで来る赤だ
私の空しさを満たしてくれる赤だ
母が逝き　一か月ほど過ぎた日に

真っ赤なベゴニアをカゴに飾った　私に語りかけてくれる赤だ
私の寂しさを支えてくれる赤だ
母が逝き　一か月ほど過ぎた日に

真っ赤なベゴニアを見ていた　私の心を見ているような赤だ
私の悲しみが増してくる赤だ
母が逝き　一か月ほど過ぎた日に

Begonias rojas y brillantes

Compré Begonias rojas y brillantes.
De un rojo que penetra en mi corazón.
De un rojo que llena mi vacío.
Eso fue un mes después de que mi madre murió.

Decoré la canasta con las Begonias rojas y brillantes.
Es el rojo lo que me habla.
Rojo para soportar mi soledad.
Eso fue un mes después de que mi madre murió.

Estaba mirando las Begonias rojas y brillantes.
Rojo como mi corazón.
Rojo que me recuerda el color favorito de mí madre
y aumenta mi tristeza.
Eso fue un mes después de que mi madre murió.

A Bright Red Begonia

I bought a begonia: a bright red begonia,
the color of which sank deep inside me
and filled a void in my heart.
It was a month after mother was gone.

I put in a bamboo basket the begonia
whose red whispered into my heart
and eased my loneliness.
It was a month after mother was gone.

I was looking at the begonia, which was also
looking at me; its red was so red it even
deepened my sorrow.
It was a month after mother was gone.

通红的秋海棠

我买了通红的秋海棠
那海棠把我的心也染成了红色
那是把我空虚的心灵充实的红色
那是母亲逝去一个月后的一天

篮子里饰满了通红的秋海棠
那是向我倾诉的红色
那是支撑我内心寂寞的红色
那是母亲逝去一个月后的一天

我的眼前充满着秋海棠的红色
我的心也在抚摸着那红色
与我互染悲伤的红色
那是母亲逝去一个月后的一天

27

籐椅子

こたつのそばの籐椅子は

母の座っていた籐椅子
今日も　それを見ながら食事をする　丸くて　暖かな椅子だ

こたつのそばの籐椅子は　母の座っていた籐椅子
今日も　それに語りながら食事をする　やさしくて　かわいい椅子だ

こたつのそばの籐椅子は　母の座っていた籐椅子
今日も　それに触れながら食事をする　凛として　重みのある椅子だ

今は誰も座らない

La silla de ratán

La silla de ratán queda al lado del "kotatsu"
es la silla en que se sentaba mi madre.
Una silla redonda y calientica.
Hoy también solo la miro cuando como.

La silla de ratán queda al lado del "kotatsu".
Esta silla fue el amor de mí madre.
Hoy también solo le hablo cuando como.
Una silla amable y bonita.

La silla de ratán todavía queda al lado del "kotatsu"
y veo a mi madre sentada allí en mi memoria.
Hoy también solo la toco cuando como.
La silla queda sola con dignidad.

Ahora nadie se sienta.

A Rattan Chair

The rattan chair at my kotatsu table
was mother's daily use:
a round, warm rattan chair.
Now I only look at it when I have a meal.

The rattan chair was mother's love.
She was always sitting there in comfort.
Now I only speak to it while having a meal:
a friendly, lovely rattan chair.

The rattan chair at my kotatsu is
a memory of my mother; she was
always in it looking at me.
Now I only pat it when I have a meal;
it stands there alone in its pride
and nobody sits there.

藤椅子

暖炉旁边的藤椅子

是母亲常坐的藤椅子
今天我还是一边看着椅子一边吃饭
那是一把圆圆的 暖暖的椅子

暖炉旁边的藤椅子
是母亲常坐的藤椅子
今天我还是一边向她诉说一边吃饭
那是一把温馨 可爱的椅子

暖炉旁边的藤椅子
是母亲常坐的藤椅子
今天我还是一边抚摸着她一边吃饭
那是一把凛然端庄 有分量的椅子

现在她成了母亲的象征

花

桜の花の下を歩きたい
もう一度だけ
母の手を引いて
いっしょに座って
にぎりめしを食べたい
桜も見ずに
逝ってしまった母と
桜の花の下を歩きたい

Flores

Solo una vez más quiero caminar
debajo de las flores de cerezo.
llevando a mi madre de la mano.
Quiero sentarme con ella
y comer una bola de arroz.
Quiero caminar debajo de las flores de cerezo
con mi madre quien se fue sin verlas.

Cherry Blossoms

Oh, mother!
How I yearn to walk with you,
under the cherry blossoms
and, there under the flowers,
to sit and eat our rice balls!
Oh, mother!
You are gone without seeing
the cherry blossoms
one more time.

花

想在盛开的樱花下走一走
再一次牵着母亲的手
坐在树下
一起吃饭团
想和已看不到樱花的母亲
在盛开的樱花下走一走

MESSAGE

高齢の母を介護しようとしている時に、
作者と詩集「母のあし音」に出会いました。
この本を通して感動したのは〈介護の美しさ〉にあります。
世界中の人たちに伝えたいと思い、絵本にすることを考えました。
すべての人の未来に温かい光を！

孟梅

It was when I was just about to start the caring for my own mother that
I came across the book *The Sound of Mother's Footsteps* and its author.
After reading the book, I was so touched by the beauty of nursing
I wanted to share my feeling with everyone around the world. That was
how things started. Then we formed our project team for making it
a picture book. Now here it is. We've finally made it!
May a light of hope reach everyone on earth!

Meng-Mei

Cuando iba a empezar a cuidar a mi anciana madre, conocí la autora y la
colección de poemas "Los pasos de mi madre"
Lo que me impresionó a través de este libro fue "la belleza de poder
cuidar a alguien ".
Para que la gente de todo el mundo pudiera entenderlo pensé en hacer un
libro ilustrado.
!Deseo que todas las personas tengan una luz en su futuro!

Meng-Mei

在需照顾年迈的母亲时，与作者和她的诗集「母亲的脚步声」相识。
通过作家石井女士的书使我特别感动是介护中有诗有美有人间爱。
期望让更多的朋友们分享到这个美，我企画了用四国语绘本的形式
推荐给大家。
为世界所有的人们的未来带来温暖的光芒！

孟梅

企 画　「母のあし音」の会
　　　　（石井佐和・柳田文也・孟梅）
　　　　代表　孟梅　日中国際交流協会副会長
　　　　　　　　　　認定 NPO 法人東京都日中友好協会会員

翻 訳　英 語 訳　　酒巻晴行
　　　　スペイン語訳　山田ルスメリー
　　　　中 国 語 訳　孟梅、饒瓊珍（協力）

協 力　石川三根子、寺澤彰二、寺澤秀治

母のあし音
2020 年 5 月 12 日　第 1 刷発行

詩　石井佐和　青山学院女子短大英文科卒
　　　　　　　詩集『今、日本語学校で！』（2019）ほか
絵　柳田文也　多摩美術大学油絵専攻科卒
　　　　　　　Japan Artists Association Members
　　　　　　　画集『MICHICO MANDALA』（2017）

発行者　坂本喜杏
発行所　株式会社冨山房インターナショナル
　　　　〒 101-0051 東京都千代田区神田神保町 1-3
　　　　TEL.03-3291-2578　FAX.03-3219-4866
　　　　URL.www.fuzambo-intl.com
製 版　東京平版株式会社
印 刷　株式会社ウエマツ
製 本　加藤製本株式会社